LLYFRAU

CW00739020

PEN-BLWYDD
HAPUS, BLODWEN

Y Fuwch Hynaf yn y Byd

ROSE IMPEY
Shoo Rayner
Addasiad Elen Rhys

Gwasg
Gwynedd

Cyhoeddwyd gyntaf ym Mhrydain ym 1993
gan Orchard Books, 96 Leonard Street,
Llundain EC2A 4RH

Teitl gwreiddiol: *A Birthday for Bluebell*
© Testun gwreiddiol: Rose Impey 1993
© Darluniau: Shoo Rayner 1993

ISBN gwreiddiol: 1 85213 456 9

Argraffiad Cymraeg Cyntaf: 1998
Ail-argraffiad Cymraeg: 2005
© Testun Cymraeg: Elen Rhys 1998

Cyhoeddwyd dan gynllun comisiynu
Cyngor Llyfrau Cymru.

Dymuna'r cyhoeddwyr gydnabod cymorth
Adrannau Cyngor Llyfrau Cymru.

Panel Golygyddol Llyfrau Lloerig:
  Hywel James
  Rhiannon Jones
  Elizabeth Evans

ISBN 0 86074 150 8

*Cyhoeddwyd ac argraffwyd gan
Wasg Gwynedd, Caernarfon, Gwynedd.*

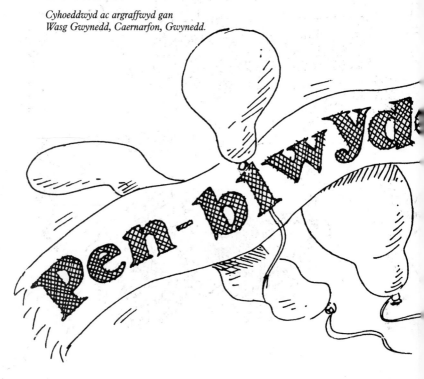

PEN-BLWYDD HAPUS, BLODWEN

Buwch oedd Blodwen.
Buwch hen iawn.
Y fuwch hynaf yn y byd.
Roedd Blodwen yn saith deg wyth
mlwydd oed!

Gall *pobol* fyw i fod yn saith deg wyth a mwy.

'Dyw hynny ddim yn beth anarferol.

Ond roedd yn record i fuwch.

Roedd Blodwen yn enwog.

Bu hi ar y teledu, hyd yn oed.

Ar ei phen-blwydd yn saith deg oed derbyniodd neges gan y Frenhines. Y neges oedd, 'Llongyfarchiadau, Blodwen'.

NEGES O'R PALAS...

..LLONGYFARCHIADAU,

BLODWEN....

....Y FRENHINES...

Ar ei phen-blwydd yn saith deg un cafodd lythyr gan Arlywydd America.

A siec am 100 o ddoleri!

BANC ARLYWYDD YR AMERIG

Taler Blodwen
Cant o ddoler i'n | $100...
unig

yr arlywydd

Ar ei phen-blwydd yn saith deg dau aeth Blodwen i Lundain am y tro cyntaf yn ei bywyd.

Aeth yno ar drên.
Dosbarth Cyntaf, wrth gwrs!

⇌ Rheilffyrdd Prydain

DOSBARTH CYNTAF
DWY FFORDD ....
.... LLUNDAIN

Ar ei phen-blwydd yn saith deg tair
hedfanodd Blodwen mewn Concorde.
Aeth i ymweld â'i hŵyr.
Roedd yn byw yn Nhecsas.

Aeth Blodwen ar drip mewn
balŵn ar ei phen-blwydd
yn saith deg pedair.
Er bod y falŵn dipyn yn arafach na'r
Concorde, roedd hi wrth ei bodd.

Ar ei phen-blwydd yn saith deg pump neidiodd Blodwen allan o awyren mewn parasiwt. Roedd ei llun i'w weld ar dudalen flaen pob papur newydd.

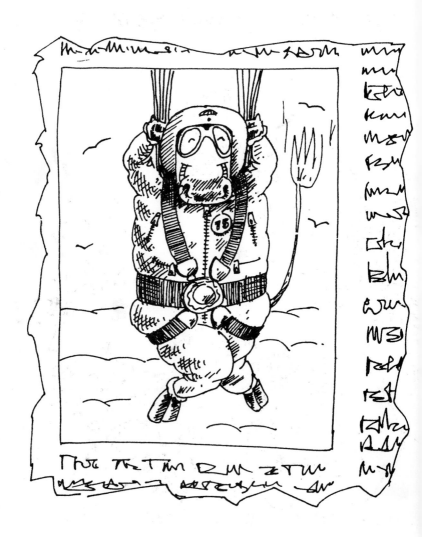

Ond roedd ei ffrindiau'n dechrau
poeni y byddai'n torri ei choes neu'n
gorfod mynd i'r ysbyty.
'Wedi'r cyfan,' medden nhw,
'mae Blodwen *yn* saith deg pump.'

Ar ei phen-blwydd yn saith deg chwech meddai ffrindiau Blodwen wrthi,

Cafodd Blodwen sioc.
Doedd hi ddim yn teimlo'n hen.

Ar ei phen-blwydd yn saith deg saith cafodd Blodwen deledu yn anrheg gan ei ffrindiau. Felly, penderfynodd Blodwen ddechrau ymlacio mwy.

Roedd Blodwen yn gwylio'r teledu
drwy'r dydd, bob dydd.
Doedd hi'n gwneud dim arall.
Roedd ei ffrindiau'n dechrau meddwl
mai anrheg ffôl iawn oedd y teledu.

'Rwy'n hapus iawn fy myd,' meddai
Blodwen.

'Does dim angen dim arna i rŵan.
Dim byd o gwbl.'

15

Felly, ar ei phen-blwydd yn saith deg wyth, doedd gan ffrindiau Blodwen ddim *syniad* pa anrheg i'w rhoi iddi.

Mae'n rhaid bod *rhywbeth* y gallwn ni ei roi iddi, meddyliodd ei ffrindiau. Felly, dyma nhw'n ceisio darganfod beth fyddai Blodwen yn ei hoffi.

Dangosodd Gari'r afr luniau ohono ar ei wyliau sgïo yn Sbaen.

'Wyt ti'n hoffi mynd ar dy wyliau?'
gofynnodd Gari. Ond na, doedd
Blodwen ddim yn hoffi'r syniad.

Dangosodd Ali'r asyn ei chwaraewr
cryno-ddisgiau newydd i Blodwen.

'Hoffet ti un o'r rhain?' gofynnodd.
Ond na, doedd Blodwen ddim yn
hoffi'r syniad.

Dangosodd Mali'r mochyn ei thocynnau ar gyfer y Parc Antur newydd i Blodwen.

'Hoffet ti ddod efo fi?' holodd Mali.
Ond na, doedd Blodwen ddim yn
hoffi'r syniad.
'Bydd fy mhen i'n dechrau troi,'
atebodd. 'Rydw i'n rhy hen mŵ-yach.'

'Mae Blodwen yn ddiflas,' clwciodd Iona'r iâr.

'Roedd hi'n arfer bod yn gwmni gwych,' rhochiodd Mali'n drist.

'Ein bai ni yw hyn i gyd,' nadodd Ali.

'Y teledu yw'r broblem,' brefodd Gari.

Yn sydyn, cafodd Iona'r iâr syniad. 'Beth am gael parti pen-blwydd i Blodwen? Mi ddylai hynny godi ei chalon.'

'Wel am syniad gwych,' cytunodd Gari. 'Ond mae un broblem fach — mae Blodwen wedi cael saith deg saith o bartïon pen-blwydd yn barod.

'Efallai wir, ond 'dyw hi erioed wedi cael parti gwisg ffansi,' cynigiodd Iona.

'Hei, mi gawn ni chwarae gêmau gwirion,' chwarddodd Mali.

'A cherddoriaeth swnllyd,' meddai Ali.

'A fydd 'na'r un teledu yn agos i'r lle!' cyhoeddodd Gari.

Aeth yr anifeiliaid ati'n syth bìn i baratoi ar gyfer y parti.
Ddywedodd neb yr un gair wrth Blodwen.
Roedd y parti'n gyfrinach!

Roedd Blodwen yn gwylio'r teledu, drwy'r dydd, bob dydd, fel arfer.
Ddaeth neb i'w thŷ i ddweud helô.
Ddaeth neb i roi gwahoddiad iddi i'r pwll nofio neu'r parc.
Dechreuodd Blodwen deimlo'n unig iawn.

'Mae'r teledu'n gwmni da,'
meddyliodd, 'ond mae cwmni
ffrindiau'n llawer gwell.'

Aeth Blodwen allan o'r tŷ i chwilio
am ei ffrindiau.
Ond roedden nhw'n llawer rhy
brysur.

'Sori, Blodwen, rwy'n rhy brysur,'
brefodd Gari.

'Does dim amser i siarad,'
rhochiodd Mali.

'Gormod o waith,' nadodd Ali.

'Wela i di eto,' clwciodd Iona.

Aeth Blodwen adref yn ddigalon.
'Does neb eisiau bod yn ffrind i mi
mŵ-yach,' llefodd.
'Rydw i'n rhy hen i gael ffrindiau.'

Fore Sadwrn, rholiodd Blodwen allan
o'r gwely.
Eisteddodd yn drist yn ei chadair.
Doedd hi ddim eisiau gwylio'r teledu
hyd yn oed.

Yn sydyn, daeth cnoc ar y drws.
Y postman oedd yno gyda llond bag
o gardiau pen-blwydd i Blodwen.

Daeth cnoc arall ar y drws.
Iona'r iâr oedd yno, yn dal bocs
anferth o dan ei phlu.
'Pen-blwydd hapus, Blodwen,'
clwciodd Iona.
'Rwyt ti'n edrych yn ddigri,'
chwarddodd Blodwen.
'Hei, beth sydd yn y bocs?'
'Rhywbeth i ti,' atebodd Iona.

GWISG
FFANSI

Gwisg ffansi oedd yn y bocs.

'Fedra i ddim gwisgo hon,' brefodd Blodwen. 'Rydw i'n rhy hen!'

'Paid â siarad drwy dy het,' meddai Iona. 'Gwisga'r dillad rŵan cyn i bawb arall gyrraedd y parti.'

Pan gyrhaeddodd gweddill yr
anifeiliaid y parti, roedd Blodwen
wedi newid i'w gwisg ffansi.
'Pen-blwydd hapus, Blodwen,'
gwaeddodd Ali'r asyn,
Mali'r mochyn
a Gari'r afr fel côr.

Dechreuodd Blodwen chwerthin a chwerthin.

'Rydych chi i gyd yn edrych yn wirion,' meddai.

'Mor wirion â thi,' atebodd Iona.

'Mae hyn yn hwyl,' gwaeddodd Ali.

'Beth am chwarae gêm?' gofynnodd Mali.

'Gosod cynffon ar yr asyn' oedd y gêm gyntaf.

'Aw, gofal gyda'r pìn!' sgrechiodd Ali.

Yna, fe chwaraeon nhw
'Dwco 'Fale'

a chystadleuaeth dawnsio gwirion

a 'phasio'r parsel'.

Wrth gwrs, Blodwen oedd yn cael
ennill pob gêm. Wel, ei phen-blwydd
hi oedd o wedi'r cyfan.

Penderfynodd Ali chwarae'r gitâr.
Dechreuodd pawb ddawnsio unwaith
eto. Roedd pawb eisiau dawnsio efo
Blodwen ac roedd hi wrth ei bodd.

Roedd pawb eisiau bwyd ar ôl dawnsio
Iona'r iâr oedd wedi paratoi'r holl fwyd
Hi wnaeth y deisen hefyd.

Roedd saith deg wyth o ganhwyllau arn
Dechreuodd Blodwen chwythu a
chwythu. Yn fuan, roedd hi'n
fyr ei gwynt.
'Helpwch fi, os gwelwch yn dda,'
ochneidiodd.

'Dwyt ti ddim mor iach ag yr oeddet ti,' meddai Iona.

'Gormod o deledu,' brefodd Gari.

'Yfory, mi awn ni am dro,' mynnodd Mali.

'Ac i nofio,' meddai Ali.

'Rwy'n cytuno,' clwciodd Iona.

'Mae'n rhaid i ti fod yn iach os wyt ti am fyw i fod yn gant.'

'Wel,' cyhoeddodd Blodwen,
'y flwyddyn nesa, mi hoffwn i roi
cynnig ar hwyl-fyrddio. Rwy'n siŵr y
bydda i'n mŵ-ynhau hwyl-fyrddio.'

'Pam lai,' chwarddodd y lleill.
'Wedi'r cyfan, dim ond saith deg
wyth wyt ti!'

MŴ-YNHEWCH Y RHAIN!

Teitlau eraill yn y gyfres

Crenshiau Mêl am Byth? addas. Dylan Williams (Gwasg Gwynedd)
Dyfal Donc, addas. Emily Huws (Gwasg Gwynedd)
'Dyma fi — Nanw!' addas. Marion Eames (Gwasg Gwynedd)
Peiriannau Nina, addas. Siân Lewis (Gwasg Gwynedd)
Sianco, addas. Angharad Dafis (Gwasg Gwynedd)
Syniad Gwich? addas. Jini Owen a Brenda Wyn Jones (Gwasg Gwynedd)
Codi Bwganod, addas. Ieuan Griffith (Gwasg Gomer)
Y Fisgeden Fawr, addas. Nansi Pritchard (Gwasg Gomer)
Moi Mops, addas. Eirlys Jones (Gwasg Gomer)
Parti'r Mochyn Bach, addas. Urien Wiliam (Gwasg Gomer)
Pws Pwdin yn Cael Hwyl! addas. Gwenno Hywyn (Cyhoeddiadau Mei)
Dannedd Dodi Tad-cu, Martin Morgan (Cymdeithas Lyfrau Ceredigion Gyf.)
Smalwod, addas. Gwynne Williams (Gwasg Cambria)
Dannodd Babadrac, Irm Chilton (Gwasg Gomer)
Tad-cu yn Colli ei Ben, Martin Morgan (Cymdeithas Lyfrau Ceredigion Gyf.)
Teulu Bach Tŷ'r Ysbryd, addas. Delyth George (Cyhoeddiadau Mei)
Cemlyn a'r Gremlyn, addas. Jini Owen a Brenda Wyn Jones
   (Cyhoeddiadau Mei)
Popo Dianco, addas. Dylan Williams (Gwasg Gwynedd)
Nainosor, addas. Gwawr Maelor (Gwasg Gwynedd)
Gwibdaith Gron, Hilma Lloyd Edwards a Siôn Morris (Y Lolfa)
Zac yn y Pac, Gwyn Morgan a Dai Owen (Dref Wen)
Potes Pengwin/Tynnwch Eich Cotiau, addas. Emily Huws (Dref Wen)
Cofiwch Bwyso'r Botwm Neu . . . Mair Wynn Hughes ac Elwyn Ioan (Gwasg
   Gomer)
Briwsion yn y Clustiau, gol. Myrddin ap Dafydd (Gwasg Carreg Gwalch)
3 x 3 = Ych-a-fi! Siân Lewis a Glyn Rees (Gwasg Gomer)
Rwba Dwba, Gwyn Morgan (Dref Wen)
Mul Bach ar Gefn ei Geffyl, gol. Myrddin ap Dafydd (Gwasg Carreg Gwalch)
Yr Aderyn Aur, addas. Emily Huws (Gwasg Gomer)
Tŷ Newydd Sbonc, addas. Brenda Wyn Jones (Gwasg Gomer)
Pws Pwdin a Ci Cortyn, addas. Gwawr Maelor (Gwasg Gwynedd)
Nadolig, Nadolig, gol. Myrddin ap Dafydd (Gwasg Carreg Gwalch)
Ffortiwn i Pom-Pom, addas. Elen Rhys (Gwasg Gwynedd)
Penri'r Ci Poeth, addas. Elen Rhys (Gwasg Gwynedd)
Y Fflit-fflat, addas Meinir Pierce Jones (Gwasg Gomer)
Y Fferwr Fferau, addas. Meinir Pierce Jones (Gwasg Gomer)
Ben ar ei Wyliau, Gwyn Morgan (Dref Wen)
Tad-cu yn Mynd i'r Lleuad, Martin Morgan (Cymdeithas Lyfrau Ceredigion
   Gyf.)
Y Ffenomen Ffrwydro Ffantastig, Martin Morgan (Cymdeithas Lyfrau
   Ceredigion Gyf.)
Y Llew go lew, Myrddin ap Dafydd (Gwasg Carreg Gwalch)
Chwarae Plant, gol. Myrddin ap Dafydd (Gwasg Carreg Gwalch)
Mins Sbei, Siân Lewis (Gwasg Gomer)
Ych, maen nhw'n neis! gol. Myrddin ap Dafydd (Gwasg Carreg Gwalch)
Llyfrau Arswyd Lloerig:
Y Gors Arswydus, addas. Ross Davies (Gwasg Gomer)
Bwthyn Bwganod, addas. Gron Ellis (Gwasg Gomer)
Y Bws Ysbryd, addas. Beryl S. Jones (Gwasg Gomer)
Mistar Bwci-bo, addas. Sulwen Edwards (Gwasg Gomer)